原光
柏森

推薦序

無盡殘響中的詩學

吳懷晨（詩人、臺北藝術大學文學創作所教授）

我是如此珍惜地展讀這一份詩稿——

一本同時涉沓著耳與眼，在視覺與聽覺間擴散，詩行與音樂的詩集。當代台灣詩人，若非熟悉縱的傳承便是專擅橫的移植，但《原光》的母土彷彿有祕教血緣，柏森的養分從音樂、哲學、與歐陸三位一體而來，純然高貴而富蘊精神性。因此，她出手落筆之際，遠望與深思是清麗而異質，其語言是半中介隱晦，於經驗之敞開性中，馬勒、舒曼、拉赫曼尼諾夫、巴哈（顧爾德在Andante中呢喃）、蕭邦（彈奏的布莉姬思考著幾乎擁有的夜〉，接續著康德與柏格森等，綿延迴盪出文與詩意之間，自然的泛音。

柏森愛音樂跟哲學，當然熟悉叔本華以來的音樂形上學。按叔本華，音樂的對象並非表象，其對象直截就是意志，「音樂就如世界本身之所是一樣，是整個意志的直接客體化及複製。」正因為音樂直訴精神，在所有藝術創作之中最為抽象，也就最為直觀而神祕（相較之下，詩仍需透過文字琢磨而交乎心志感受）。

但《原光》最先讓我有所感受的，倒是在音樂抽象與詩概念中湧現的純摯，那真與美，隱然傳遞著童年的天真，讓我不禁想起了巴舍拉的童年現象學，巴舍拉說：「我們童年時代的宇宙性留在我們心中。它一再出現在我們孤獨的白日夢之中」。柏森〈在安息日〉寫：

我可否再擁有仁慈？當雨濺過花瓣，

童年尚未離去
像一顆孤獨的籽
一廂情願地深埋，
緩慢著，在時間裏學習

按巴氏詩學現象學，詩本就是瞬間性的形而上學，那麼，柏森的童年是深埋時間裡的種籽，厚土中孕育著宇宙與存有的祕密。巴舍拉又説，「在童年時代，白日夢賦予我們自由。……在白日夢中，我們才是自由的人。」比起成年人，童年更接近詩，比起哲學家的思想，孩子的白日夢來得更有力量。白日夢是如此讓人著迷，無怪乎柏森一再言説的童年，就是回到「夏天沒有盡頭地度過」，體認「年輕的夏日裡衰逝並非老去」。〈印象〉一詩又説：

當他們仍在黎明熟睡，無限的念想
藉由熟悉的夢，使人們歸依
祂的懷抱，搖搖晃晃

並只有純真
才得以聽見祂所應許的。童年，那雙清澈的眼
在混沌裡邊誕生

〈印象〉整首詩歌詠著德布西的管弦樂《海》，《海》湧動著從海上黎明到正午之際的波浪之戲，輝煌著風如何向海絮語。管弦樂中風、海、浪三位一體的輪廓原是奇妙。但奇妙的更是柏森詩作中海、童年、神三者旋繞同出：海上有神，搖晃讓人皈依想懷抱的神，於是，童年才得以混沌誕生。印象的白日夢國度裡，柏森的童年既天真，但又能瞬間湧現宇宙形

上學。這樣的詩思，在《原光》詩行中俯拾皆是，實則展現了柏森詩作的深刻。

然而，柏森最好的詩，即如她自己在前言與後序所言，詩當有孔洞讓氣流穿行，樂音或靜默之後空響無盡裡（如她鍾愛的希尼詩作），把握那無以言說的對象性，言語難以把握的存有，幾乎就是柏森詩學所欲擁抱的核心。當此對象性落成音樂或化為詩句，總在詩行情境戛然乍止那一刻，產生了無盡的殘響，那殘響，是經驗敞開性下裸露的無音與希聲，神祕。

神祕有時，柏森或讓神直接現身，讓世人直面神，如〈秋露〉一首，「萬物染有新的色澤／在物體／與物體間的最接近／神來到祂眷顧的」，觀賞著塵泥之中的腐育。但是，柏森更喜在神祕的邊界上散步（存有是如此難以言詮），她喜用的思想字眼為「輪廓」，讀「黑暗中，沿著輪廓，我能感覺靜謐」，或者，在真與美的辯證中，因著真實，「貼近美的過程／那份瑕疵／便是輪廓的暗潮」。偶爾有時，神直接來到了這輪廓：

我與祢的交互作用
使世界解釋了它的輪廓；猶如夜是季節

不知道柏森自己有沒有意識到，她自己是如此喜歡讓神／風／花／夢／夏日這些詞彙同時乍現，如〈降臨〉一首，「唯物之神？在曠白處／祂自由翩翩……以風播去／知識：花開，結果」。這些單詞似純摯的夢話，花、靈魂、詩冊，輪廓中親密地靠攏近神，而隱隱然童年。讓我們展讀〈花園〉這首傑作：

花謝，昨日或者明天
一隻沾黏蜜粉的蜂有了自己的異教
他去往死之外的界限

交尾的蕊
彷彿眼，彷彿耳，在微小無知的
樹影之中長出
沉默
一切事物以待觀看

一隻蜂沾了蜜粉與花蕊交尾，這本是生，但柏森規定了的異教裡這卻是死，且是往空無（死）的界限之外（「無」的外邊？死之外如何更是踰越？），但花謝後的這些都還不是經驗之外真正的敞開，柏森讓花蕊長出了無數的微小的耳與眼（無限的視覺與聽覺覺醒了），此時的沉默，才是無盡的殘響，在沉默中聆聽，在無形中見證，那超越經驗的開展：

他去往死之外的界限
在欣喜中捧著
祕密，他說謝謝，然後
再度飛行
到更遠的風

花是靜態
花是一次凝視
或被呼喚的回
神

風／花／蜂／神／眼／耳，如此單詞，短短數句之間，神祕變化萬千。

最後，讓我們捧讀詩集最末一首〈復活〉，一首獻給馬勒第二號交響曲《復活》的收束之作，清亮非凡，幾乎難以在華語詩作中見到這樣質地的詩：

夏日傍晚，山燈在遠處
照明，奧祕的遠望，收盡崎嶇
也收盡了輪廓

聽見美在歌唱，縱然美
不屬於真實

飽滿的靈魂
慈悲地看見我

首先，是視覺，在山勢的崎嶇顯出模糊的輪廓，這是美，但不是真（the Real），美是屬於心的被事物穿透的判斷，美在慈悲中對看著靈魂，此靈魂是自己的，也可以是神性的所在（神是那真正的話語（Word／道），也是暗夜中深邃的細碎言談），

為一整座管絃樂
也有許多事物穿透——我的心
用模糊篤定著
……
三位一體。赭色天光

我僅有的安慰
⋯⋯
誰還能猜想到，真正的話語
隱沒在各物的影子底

已是夜晚
深邃將我們包圍，你可聽見？
細碎言談描述著

於是，詩句疊層中，詩人讓「我與神」、「神與話語」、「光與三位一體」有了疊合。我的心，可以是一把樂器，也可化作一整座管弦樂，這就是柏森自言的，心的中介作為經驗敞開性後而在文字行動下所留存的

「清澈的泛音」，整本詩作也就是整座管弦樂的迴盪，要去抵達那不可言說之物。

把自己當作一把樂器
聽見近於清澈的泛音

那是美，消弭之處，死亡與愛
略曾有過的質地，許久許久以前
接受了人的條件

「人的條件」一詞固然來自柏森也喜愛的鄂蘭，但詩題題名「復活」，讓人遙想起，在許久許久以前，有人子的愛與死亡（消弭中有美），從而美麗的是，人子重生而復活——承擔了人的條件。

推薦序

一則晶瑩的神話

朱和之（作家）

那年，我去維也納，到馬勒的墓前參拜。

維也納中央公墓之大是有名的，相較之下，北郊山丘上的格林沁公墓在旅遊書上的地圖看起來就小得多了。那是還沒有智慧手機和線上地圖的時代，我天真地以為，只要懷抱誠心，就算把整座墓園走遍也能找到馬勒吧。

但我低估了亡者匯聚成的海洋有多浩瀚，要在其中尋找一片浪花何其困難。無數陌生的名字和遙遠的紀年讓人思緒愈發飄渺，意識到這樣下去就算站在馬勒墓旁也可能錯失。於是我走向一位園丁，說了聲日安，然後重複叨念著，Mahler, Gustav Mahler。

Mahler! 這位穿著吊帶連衣褲的熊腰漢子或許見多了像我這樣遠道而來的尋訪者，當即放下手邊工作領路而行，也不管我完全聽不懂德語，熱心地講述起來。

不多久，他伸手一指，就在那裡。這幾日看多了擁有繁麗裝飾和雕像的維也納墓地，難免對馬勒墓的簡素感到意外，只見長方厚重一碑，小小刻著粗體的墓主姓名，不失大氣但異常安靜，很難想像其中安歇著一個用交響曲發出星球轉動聲音的宏偉心靈。

Woher kommen sie?（你從哪裡來？）園丁拋出一個我少數能夠理解的句子。

Taiwan，我說，但他不知道那是哪裡，用我不理解的語言緊緊追問。為了回應他的盛情，我只好硬著頭皮用英語說那是一座在中國旁邊的島。

O, China! Mao Zedong!（毛澤東！）他因為終於搞清楚而開懷歡笑。

我無法向這位友善的大哥解釋自己是誰，而這關於身分歸屬的質問，以及語言無效的情境，在自稱是「三重無國籍者」的馬勒墓前卻又如此理所當然，於是我也跟著笑了起來。

來！他拉著我到幾步外，指著一座泛著暗綠銅鏽色的墓碑，竟是馬勒摯愛的妻子艾爾瑪，與她後任丈夫葛羅比烏斯合葬之處。愛怨聚散，天人分隔，最終又歸於咫尺之遙。

我再三謝過園丁，獨自回去找馬勒。碑前擺著幾個盆花，還有塊礫石壓著一張手抄的樂譜，依稀記得是〈原光〉，又彷彿是〈清晨我越過原野〉。彈指二十年，記憶早已漫漶不清。但我確切記得自己戴上耳機，用CD Walkman 播放起第五號交響曲第四樂章稍慢版。

薄薄陽光打亮碑石下半部，他的名字遮蔽在被久未修剪的樹叢幽影裡，什麼話也沒有說。

馬勒音樂並不容易親近，不像古典樂派有工整的呈示、發展、再現格律，或者浪漫樂派鮮明的主題和情緒，馬勒充滿混亂與矛盾，上一刻謳歌著奇蹟般優美的旋律，下一秒卻又可能變得粗俗喧鬧不已，非常不講道理，然而若是聽得入耳便會難以抽身。

馬勒是最早揭示現代心靈的作曲家（他曾不遠千里向佛洛伊德醫師求診），他將複數主題不分主從並置，猶如人格中不同面向，乃至於表意識與無意識的同步感應。

我個人聆聽馬勒，伴隨著極其私密的生命經驗與強烈情感投射，尤其是受到憂鬱症反覆摧折的二十世代，馬勒為我說出精神深淵裡的分裂、崩解與高速空轉到狂冒焦煙的躁動，將之無限擴大，讓人墜落耽溺其中，最後卻又帶來理解與寬慰。

回想起來很有趣，某次一位朋友來找我玩，我熱切分享最好的音樂——播放一整個下午的馬勒，傍晚送他離開時覺得心情舒暢極了，朋友卻陷入深刻的懊喪。我由此體會到，馬勒音樂有時更像是一面鏡子，反射出每個人的內心。

我和柏森第一次碰面，是在某個現代舞表演現場偶遇，互相認出彼此，三句話講到馬勒，隨即就像多年舊識般聊得欲罷不能。馬勒是一道密語，讓同類認出彼此，圍繞同一團溫暖營火，而又理解各自背後抵擋著不同的黑暗寒風。

柏森有種剔透的特質，無論天真或老成的部份皆然，這讓我特別珍惜。也因此，當她邀請我讀讀《原光》詩稿並且寫點回應時，對詩一竅不通的我本該婉拒，卻仍抑止不住想先一讀。

馬勒說，交響曲必須包含萬物。我想能夠包含萬物的，在當代是藝術，而在遠古則是神話——事實上好的藝術作品都是一則自成宇宙的好神話。李維史陀認為，神話和音樂結構相同，並非透過事件的序列，而是一堆事件來表達，必須當成整體來掌握，猶如交響樂總譜。

《原光》也該如此看待，這是一把青春的花束，關於愛，關於光（及其隨形之影），關於心，著迷於音樂、夜晚與睡眠，始終有風在夢境和清醒間穿行不絕，並和雨水海浪嬉戲。五輯詩篇，始於生，繼之死，在荒原上播種，取回生命，最終由塵土升為燦星，形式上呼應著馬勒第二號交響曲《復活》的精神。

貫串全書的核心主題是時間，卷首楊牧詩獎受獎致詞即以〈觀測時間的方式〉為題，說明詩集是嘗試趨近時間這個她一直以來反覆思索、關切的命題。

趨光性，以及伸手捕捉光影的慾望，乃是一種人類本能。若能將不會再現的時刻握住，擁有一個切片，即便時間依然在身後奔騰不歇，我們已得到安穩心靈的鎮石。

而柏森趨近時間的方法是用文字將其摘取並且封固，使流動的心緒結為晶體，得以拉遠當作客體觀看，也能顯微放大細察紋理。乍然讀來表情淡漠，乃至諱隱如謎，實則精準地多面切割，隨著角度轉動將光散射出不同色譜，熠熠閃亮。

柏森對此有所自覺，即所謂「真空的感性」。她在〈後記〉中寫道，「透過寫下，落定著部份感官的記憶，它即刻地與我無關了，獨立成一個半隱晦的載體（或中介）。」

客體化的經驗、感性與記憶可以珍藏攜帶，甚至變成另一處嚮往的遠方。柏森收集了她所喜歡的一切，戀人、戀情、戀物，用詩歌的魔法原封密藏。她不憚於熱切表白，「我寫詩，因為這裡有愛」。

用詩收藏起來，遠遠守望，默默喜歡。她的愛是高度精神性的，概念性的，無甚身體性，最多大概只有拇指碰碰小指的程度吧。無論生死大問，戀情或愛戀的失落，小到空氣中幽微的潮濕氣息，又像是〈牧神的竊喜〉這樣脫胎自馬拉美和德布西描寫官能美的詩，大抵都被純化得極其空靈。即便面對肉身現世的撞擊，也將之化為這樣靈秀的詩句：「一些關於透明的／正在生鏽」。

馬勒《復活》交響曲最後以激昂壯闊的齊奏，循著對上帝的堅信穿透死亡獲得神聖永生；柏森則從中捧取了太初之原光，讓一切落定為安靜的旋轉，以此創造了一個包羅萬有的世界，一則晶瑩的神話。

名家推薦

閱讀《原光》的過程，是一趟參與「召喚」的過程。召喚初始且尚未固著的自我、召喚心之原型、召喚善與靜、召喚經驗與記憶的前意識……

柏森嘗試以音樂品質寫詩，用音響和回聲探勘靈魂的深度。她思索時光、輕觸微物、嚮往純粹，筆端既智性又柔情，敏魅幽微的文字，自成一個有機生態。情感不囿於傳統培育方式，觀念不拘於常規調性。

無論尋究愛與生死、神與哲學、時間與恬謐，詩思常流轉於精神與現象之間，有時抽象扶持抽象，有時漣漪波及漣漪，企圖經營一種流動、開放的景致，入此景致，不必刻意什麼、不必強求什麼，詩是自然。

保羅．策蘭說：「帶一把可變的鑰匙，／你打開家，那裡面／飄著寂靜之物的雪花。」——「鑰匙」即「詞語」。柏森握有一把可變的「鑰匙（詞語）」去「開啟（傳達）」不可言傳之物或難以述說之情緒。她從容地行走於語字邊緣，且邀請讀者一起危險、一起穩住，慢慢走，走得夠遠，所有的邊緣都會連接世界。

——李進文（詩人）

詩集奇異地結合德語哲學的分辨層次，又複疊古典音樂，微妙起伏變化的旋律。多次向馬勒致意：「交響樂必須包含萬物」。詩人說：「微物觀察是一種美德」。於是，詩集整個是「音樂」、「時間」、「流動」，在細微中，在感覺中、在獨特的品味中向世界連結。這樣的日子，生活，能令我們讀詩時整個停下來。「因為喜歡／那些隱微的事物／光綫通常是／在那時產生的／瑕疵，依稀可見／還有許許——藉局部去顯露的完整……」，詩人發展了一個把握世界的奇特角度，這是新鮮的華人主體性之重整嗎？總之，這些詩令人「住進去」，願意不斷停留徘徊。

——**翁文嫻**（詩評家）

柏森的詩如稜鏡，折射出她音樂、詩與生活的三位一體。伴隨著馬勒、舒曼、德布西，音樂的色彩與層次，淨化了涵藏的欲望與苦楚，帶來對於生命與消逝的體悟。方思以降，我們終於有了又一位滿盈音樂感官與知性的美妙詩人。

——**鴻鴻**（詩人）

悠揚而純淨的聲音，在虛空中獨自地編織彩虹，是對愛與信念的堅持。會想到里爾克凝視與聆聽神祕事物的姿態，程抱一如此形容：「他勸愛者超越被愛者，投身無限止的想望。面對恐懼與傷痛，他感應碩大的不可知的存在。」

——阮慶岳（作家）

「祂熾盛的光線正四處寫著祂的名字。我不能張開眼睛。」
「太陽、月亮、骨上的磷光、聖艾爾摩的火；我們正在一切可見光之間安然無恙。祂不在這裡。」
「我仍看得見有光游移。」
「張開眼睛吧！則你眼睛漆黑的部分削弱光線，琥珀色的部分轉化光。」

——鄒佑昇（詩人）

《原光》是一本透過詩來研究「時間」的成果報告。其中展現了柏森的思想底蘊，以及透過詩來進行思維活動的深刻軌跡——我們彷彿看見了，詩人奧登在島嶼上發現的那道光。

——**煮雪的人**（詩人）

光是直線前進，是無處不在，唯有在遇上遮擋或強弱變化時才得以被觀測。柏森的詩便是再三地創造了那樣的邊界，在生命與生活之間，在浪漫與哲思之間，所思遍及自我、性別、歷史。他的在極致地細膩中雕刻，而寫詩所發出的敲擊聲，便是他替世界籌演的最好的彈奏。

——**鄭琬融**（詩人）

一再復歸於安靜，只是柏森詩的表象。他直指旁觀是一種虛構，身而為人，唯有涉事得以回答所有疑問。詩是初始的零，一切的肇端，以有限示意無限。為此，詩人迂迴的逼近意義之核心，反覆詠嘆，超越詞語的組織慣性。其試煉在於，如何以錯綜的互文性、高度抽象化的語言包羅萬象，甚至從瞬間中發現永恆。

——李蘋芬（詩人）

觀測時間的方式

二〇二四楊牧詩獎受獎致詞

我曾想過萬物消逝，最終將會留下什麼？
答案或許顯而定見，時間，仍然留於此。

詩，在這些思緒來回的過程中，成為我能夠以直截可觸的形式去保留的殘篇。我試圖完整這一龐大的思想體系，種種關於某些非線性的，無數個自我，已經流入這其中。

一個人首要意識到，自身是知識的載體，我們對所有事物僅僅不過一瞥、一個轉瞬——我理解到，將「我」擺放在所謂「遙望」的這個概念，是屬於一種此在與彼在的反身性，輪廓的勾勒。

而書寫讓我不斷感受時間如何作用在各物之中，相當有趣的是，瞬間的捕捉也不單是瞬間的停留而已。即便，它們都流往我所企圖認識到的純粹。

詩集《原光》因此是嘗試趨近「時間」——這個我一直以來反覆思索、關切的命題。

偶時，不過是某個選擇教我們分支出不一樣的節點，在這個現下，時空間的疊影將彼此匯聚，透過日常細緻的觀察，微物的心智摸索。或許我能說上的一句話也是：

「現在，你來到我的夢裏了。」

將要消融的無非就是我自己，除此之外，我依舊想把握時間漣漪的波紋。

時間概念究竟為何，或說，藉由反定義去重新判斷這整個世界的認識過程。形式的最純粹，其實也是現象普遍性的歸納。

我所書寫的詩，結構於此，在某些時候它或許也是解構的。

當所有人都在疾速定義所見、所感的事物，我反想——有沒有屬於「經驗的敞開性」的詩存在？假若有，而在這先決的前提，便是確立一個完全的主體存在——關於「我」的肯認。

「我」的誕生，則是使判斷再度判斷，一個能動的中介，去認識世界，也是認識心智的路徑（route）。

按鄂蘭所說，所有的思想皆為後思想的概念（every thought is after thought），人的思想是透過某種倒影——從經驗材料中產生，與世界產生關係。

延伸此，時間便可通過知覺，去聯感他者。那麼我們所說的「時間」，不將只是一段從過去到現在的尺量，而是遠比這更加細微、錯綜的刻度。

並非強加搪塞的內容，詩，或一切重要的，更是事物的「輪廓」——

是否能提領書寫者，去認識物自身（Ding an sich），這已然是個有趣的脈絡與展開。

我認為音樂是直觀（intuition），在於知性（intelligence）掌握它是無需通過言說而得以經驗，音樂流過知覺與思考的統合，正是它既同時具備所有抽象性質，也同時具完全的內容，包括你必須擁有某種門檻——領悟或者頓然的明亮感。

詩歌介於似音樂而非完全音樂之中，這正使它擁有（我認為）獨特於其他文體的存在。

在語言之中，它最接近思想，在思想之中，它就是精神。

詩與音樂之間保持著微妙的平衡，供給彼此，需要時它們或許可以相融彼此。則，徘徊在音樂之前的詩，是靜摩擦力最大的時候，也是富有能量、流動的模樣。

甚至能夠說，它們彼此共享一套邏輯，是經驗的敞開性，亦是言說者向觀看者的一份邀請：讓你進入我的生命之中。

在詩的文字裡，我感受它應該屬於一種萬籟的特質，需要一些孔洞讓氣流經過，並且使它產生樂音。

這亦是我所認為，精密不同於精美的關鍵差別。精密的語句是促使寫作能夠有所選擇，在什麼形式下（例如鬆弛、劇烈、悖論等等），我認為是有意識地寫作，才得以把握語言（linguistic）性質。

如何讓自己的詩發出聲響，即使靜默，讓自己的想法能夠言說。這些，不也是我們為何而寫的最初，是吧。

願詩歌帶我們走得更遠。

目次

輯一　淨沐之水

輯二 唸禱

輯三——人子安躺於床

輯四 使徒的琴座

輯五 原光

當光佇於此，當世界悄然無聲，
音樂流淌在心中，因為那裡不曾發生，
因為那裡曾經發生過。

獻給馬勒，初初是愛這個世界

序詩：墓碑前，小號的吹奏

許諾悲傷，但讓它來得像天鵝絨
像風從葉梢經過

如果一個男人駝著目光出現，老去
是他所愛世界，光線遮蔽時
一只懷錶的脫落

小指針撥動
早先走向生命的
真實，隱約顯露

並延遲著，攸關消亡與遺忘，當我們睡去
是不是僅為被喚醒？

綠側柏、小紅玫瑰與鵝卵石，靈魂擇一
棲息，這一切本來的意義
穿過自白

照亮我。赤裸潔淨彷彿夏日多瑙河
粼粼也充沛聽覺，戴眼鏡的男人
最遠可以看見彼岸

整座世界鑲在夢的反面——

他的指向，我的意去——
整個世界潛伏在悠長的遙望
（柏林寒夜，一八九五年，男人
雙眼朦朧按住心口：親愛的神
如此寧靜的時刻）
重重疊疊——又迴盪自身。
小紅玫瑰
此後永垂不朽，因為剎那

將會是崇高，此刻，像離開已久的
星宿越過漫長然後閃爍

使我張望，小小亮光
在荒蕪間

綻放，喜悅啊，近乎平和

或許這樣更好，不言而喻地撫慰
苦痛的水漂濺起漣漪

向外丟棄身軀，假若金黃的蟬

刺破、掙脫、脆化
當我們老已身處黑暗
當我們去往盡頭，不慌不急，背著記憶
除了這
仰望，我所僅有的
沉重外殼，然而飛翔的心——

輯一

淨沐之水

散策

或它逐漸成為必要，愛的固執

我們走了很久
為了完成一段景色而
雕刻注視

挨著風，波光興起
水紋邁進生活
在物件之間
充斥解讀

那是岸邊水鳥的
理解。城市偏誤河流
幾隻豆娘飛去
忍受微雨
或者寡情——足夠延遲
美，次要的種種
感覺自我庸俗
沒有穿透

怎麼暫留，世界的真實？
地平線隱去
滿潮時我們像蘆葦相依

那片淺褐土壤，有我
童年的珍視

從未沉寂，留心野草，旁有洗滌
是記憶淤積，或許靜
只為止水
在淺灘處孕育生命

我重複我的重複，在步履中完成
朝聖，僅僅是
不妄然判斷

每一種逝去
復原了平衡，每一次氾濫
接續丈量

這可以是最敬畏而抒情的瞬間

將要憂愁，以漫長瞭望
認識到審美
並非充滿絢麗：觀石子
滾動。枯竭。易碎。
打水漂
自來有風
觸及彼岸

「很快就會碰面」
再見，你說，彷彿暮色
也許來臨
在清涼中卻感到飽滿

我們足印重疊足印
意念迎風
搖曳，高架橋下，一段巴赫
平均律
遠遠的愛意
遠遠地傳遞，哼著
哼著

這段距離，如今是我
情有可原的秩序

昨日曾是摯愛

安穩的一月
你可懷疑星星是火

海是最深的隱喻
一座星系
停留在原地

晚鐘敲擊著霓虹
奔跑著，霧氣向眼底擴散
一盞影子

涉沓隱沒的恐懼

你夢見草原
和無止境的等待

似乎雨是一種奢侈
雨，是溫厚的奢望
城市積水
沒有太多的口白
為路人解說

時間沿著天空
虛線地藐視昨日

號誌失去規則
目的地依舊更新

你的左耳持續聆聽
介系詞散落生活他方

入夜是必要的折磨
單向性、奏鳴曲、貓和桂花
在「如果」之外安頓

一些關於透明的
正在生鏽

苦想的繆思

那道入春的光芒，在山嶺間
背向昨日的我
而照耀著，所有的指認
瞬間即逝

一株忍冬
有了顏色

像這樣溫情
在遲到的經驗裡，泉眼湧出

思想，逐漸的愛
敷過我們的空寂

時節裡的記憶，瑣碎著
流過蒼老，流經一些
靈光的時刻——當我倦躺
在你的懷中
生命短暫停留
沒有人看見
季風，
抵達它們的目的地

談及消逝

——與摯愛說起「*vanish*」又如何譯作。

馬兒不在草原
一些扶桑花已經盛開
在子夜裡，音樂變慢了

如同悲傷，悄然發生
散落的情節
留在窗外斑駁

遠處皺褶的湖面
無聲無息，我在搖椅上
被風抵臨

像刮傷的黑膠
無可避免地重複
童年的舒曼，熄燈之後
遺留在迴廊的深處

衰色的靜物間，眼神曾經流過

顯得沒有心思，
霧

有時緩緩來到，那時
我們早已睡去

馬兒不在草原，你可嘗凝視
在幽靜之時
馬兒也回到草原

野火

悲傷不在。
我甚至從未為你
做過什麼，太安靜了
當風萎靡意志
一些束縛從而經過
我們的門窗
（鏽了一些）
總是擔憂，彷彿飽和
老早就是虛空

在失去注視之前
所有等待都有可能
被誤解

分神了什麼？當生命
試圖尋求他們的發生
在沒來得及的逃離之中
巨大的佚失
仍然不善復習

有人鼓吹送葬，那近乎是
某種暴力
你問我

什麼是模糊，
命運啊。或許不夠肯定
在塵土裡淡化、變質的，始終
都在疑問

　　你是虛構，是陰影，亦是
　　鬆動的信念

卸下我軟弱的平靜
彷彿解構，解構
慫懼的生
燃夷清冷的死
在匱乏清醒的此刻
我們集體遷徙著。

花園

花謝，昨日或者明天
一隻沾黏蜜粉的蜂有了自己的異教

他去往死之外的界限

交尾的蕊
彷彿眼，彷彿耳，在微小無知的
樹影之中長出
沉默
一切事物以待觀看

而如繁盛

他去往死之外的界限

在欣喜中捧著
祕密，他說謝謝，然後
再度飛行
到更遠的風

花是靜態
花是一次凝視
或被呼喚的

回神

他去往死之外的界限

與夢相接，褪下
曾經的蛹動
激情、誘惑，難得他是
曾經的選擇

死之外的界限——

他去往

我的滋養
在那
多數的昨日，以及
悄悄臨現的
明天，花開了

在林間

鳥切開雨的形狀。

彷彿一切
沉重將隨著塵埃揚起
懷著斑駁，
陰影溫存在歲月之中
蛻化成幾株野薑花，
松木染上睡意
那時候，目光還來不及
在山嶺上

意識過去的陌生。

我們再也無法
經驗自己
去熟悉一種色彩的明暗，
或者盼念
生長的潮濕；
愛意攪和了知覺
甚至虛度
一座森林的蓊鬱。

雨色偎躺在耳際
過午的貝爾塞斯*
沒有人聽見我們醒來

霜，
撫在愛人的唇尖
如此無意
猶如窺視
——直到風明白青葉的凋落
萬物仍微微噫歎
時序的不準時。

---

* 搖籃曲，Berceuse in D flat major, Op. 57，蕭邦於 1844 年完成。全曲以弱音演奏。

始終搖搖晃晃
沿著山風，飛行
離開指尖

忐忑作為預感
神祇溉入我們的赤裸、
與能見度，
一段意念開始了它的流浪
偶然碰見空無
它遂是說著——

請祢來到我的精神裡。
我是如此脆弱、無息，
也毫無意義。

苔蘚

我在我私生的心靈中找到了
一面石牆，
上頭有人刻寫：愛與自由
我都想要。

你是如此內斂，彷彿死亡
在滿是踏碎的土壤長出
淺根的芽，又是生命力極強地，
又是全神貫注。所有的閃念之間
為無法言說的風

傳遞他們的贊美

是在不經意時，有人演奏完了
平凡而又燦爛的
舞曲。有人聽見了，
一次漣漪的清晨

哪裡是內時間的意識，當我蹣跚，
悠久的景色豐滿著
那些微物的淚水……我們什麼都不想
發生，在遠處的酣睡裡，曾經
愛與自由來過。

論時間

「But the figurative synthesis, if it be viewed merely in its relation to the original synthetic unity of apperception, that is, to the transcendental unity which is thought in the categories, must, in order to be distinguished from the merely intellectual combination, be called the transcendental synthesis of imagination. Imagination is the faculty of representing in intuition an object that is not itself present.」（B 151）

——康德（Immanuel Kant）《純粹理性批判》

祂向我派來了
無翅的天使。

獸足和書冊
行經之時，落下它們的聲音

向我派來的
無翅的天使
躲藏在人間，透過蘊涵的所有謂詞底
再現祂自己；在火花的隙縫
在水氣蒸發之處
濺起這些夢境的
有效性。超出這個界限，更多的東西
留待以後再說：
我在祢的意識之中被分解、
經驗，不以憑藉的感受為前提

就沒有任何愛的演繹

而此，寂寞是某種內在的
現實。相繼地向我暴露祂的最極限
彷彿星子在黑暗之中有所破綻

無翅的天使
多數時候兀自地練習
清醒，在祕密裡
發現自己是被飽滿著。

夢

窗台
那株文心蘭靜靜地盛開，當雲走得緩慢
到處都是風的氣味

是什麼打開你的眼，在四月之時
美是消亡的。

是我們的愛，讓最好的日子
有了更好的入迷

金色的光自西邊斜入，我的身
早已明白愉悅和時間是同一種
流逝，流逝著感官
沉甸的古老，起先是，
裝了水的玻璃杯，與午後
因折射浮起的光雕

沒能把握太多，話語時常是
自己的回聲

從那兒開始
一些神祇隱身在暮色裡，讓樹影
顯得抽象

這是何等幸福。

我們尚無意義
也不屬於充滿痕跡的
世界，在靈魂浮動的時候釋放了
如生命不可辨認
若干死去令人淡忘

一切
在靜摩擦力之間，發生著

鄉愁

一種奇特的雪
正綻放著
塔可夫斯基的藍
我打哆嗦地想：「這
就是此外了吧？」

在北方的哪個鎮上
用了寶麗萊
相機，漏了光
吸引不少景物

為此曝身

塔可夫斯基問，
看到那雪了呢？北方如我
充斥貧脊與幻象
不免令人嚮往。去北方？我說
那些白銀的都在折射
折射遠視的陽

遠離冥思卻所在肉身。
於是他想，北方以外的雪
又如何生長

所以，再無所以
我到不著的北方了

雪一陣一陣地落
淹沒跡影，再過陣子
又會融成水的春天

日落大道

緩行。第九號路段一桿柱子的標誌
這麼寫著，鳥群向東飛遠，悖離夕日，
如一部虛構小說的開頭：「世界
隱藏在事物的背面」，復活
萬有即將沉入
地平線，長鏡頭
那年輕的心臟躍動
與麥穗
讓遠古的風喚醒，在朗靜之間

我們兜風，無數清醒時刻
影子變形、拓印
記憶，比死亡深邃
或許生命飽滿
騷動著彷彿諸神猶在，黃昏是
突如其來的命運
一切都只為了往前

擴延然後再度展向
未知。我想把祢寫進眼底，傾斜的光線
暴露神祕：米勒的畫，乾草堆、
一雙晚禱的手

在盲目時代中
永恆要比一隻蜉蝣虛無？炙熱的晚霞
電台斷斷續續，我無以名狀
信仰——那條筆直的路，大衛鮑伊唱著
我們可以成為自己
就這麼一天*

*註：此段出自David Bowie〈Heroes〉的歌詞"We can be Heroes, just for one day. We can be us, just for one day."

一切奧祕使我走向
一切奧祕不使我走進
然後是風，然後是如塵的
泥土，我在曠野裡
腐朽我自己

輯二

唸禱

催眠

死去的帕斯卡在牆上留下字跡
模糊的身影
和回憶有些不搭軋

死去的帕斯卡
經過一連串的白日夢
現在已近傍晚，他恍然大悟
與他對望著的
其實都是
那個醒著的自己

果的內觀

昨天的蘋果熟了
我切下它

蠅蟲隨之而來
吸吮、腐壞
在剖面和切口間
那些表層氧化
等待雨季，等到潮濕
蝕過，
它應有的乾癟

或者褐色
那顆蘋果　熟了
我想我便不再擁有

一些詼諧

一些詼諧在夜裡發生。
熱帶的冬天是隱密的，我在現實中
找到低沉的回憶。
倚在街旁喫菸。
有的人開始勞碌，有些則不。我想像
積雪的街。隨著腳印
而越發失落的遺棄，
在機械的時代裡
最輕巧的或許是互不在意的
獨白。

我想我必須暗中彈奏，為了這無法抵抗，
月色向著我安靜等候。

源泉

有人談珍貴性
如時間淼淼
或如人心渺渺，一點觀照
便可得其中
但凡有珍貴性的
也屬那日復日地琢磨
包括技藝
包括生長
包括前所未有
或包括一種終點

平靜如初，教我察覺
一切隱藏奔動的
遙遠而清明的遺逝

〈小華爾滋〉行板3/4

在不合時宜的熱帶
以安靜的開始
作為歡烈的句點
當我們聆聽
一整座海洋的靜寂
夕霧停留在你眼裏
該談論嗎
這逐漸暖熱的
冬日
抹上一艶失溫的

黃色，傾斜在西邊
那座橋墩下
我，以及褐色的
日光
等待節拍流經心臟
許多思念
以語言的分離性，模糊
未命名的碰觸
還有時間
旋轉
奔跳
朗誦，以纏綿地
我們

還剩時間
親吻熟睡的臉，彷彿
這就是一無所有
在即物的世界之中
靜默

平行故事

草稿在書桌上潮濕，頁緣捲起一隻重要的字，他小心翼翼，爬上夜燈照亮的角落，我看見冷氣機上的水管通往窗外那段引線有著他的蹤跡，在視線未及之處輕巧地翻越。以一種愉悅卻沉靜的腳步搭上雨的夜晚，橫亙離去我的眼。

那隻輕盈的字帶上濕溽的靜態（像往常那樣蜷縮在你乾燥的夢底等待著），飽滿的城市啊，也在失眠的光線裡逐漸起霧了嗎。

在零散中想像

從夢中醒來
一些沉默
與柔軟混為一談
濕氣來到眼前
帶著寂寞，
我的憂愁，昏昏欲睡
在幽暗的書房內
早先的琴聲
等待著你

很多很多的思維，彷彿愛
在驟雨的夜裡
盈滿彼此的身軀

最喜悅的時候
我們時常缺少
然而沒有去過的城市
總是裝滿回憶

生活拖曳影子

祂試圖教我飛行
一隻鴉的到來
學會如何盤旋
在雨的降落處
思考呼吸的重量，明白
當停止記錄便開始書寫
諒解光的離去，諒解
不再所有；直至
影子拖曳生活

如此九月便開始兜風

無視所有，如同無視自身；肉體是短暫的，知覺是延伸的。我已在記憶裡逐漸潮濕，在時間之中踱步且聆聽大概的細膩，我正篩選，或被淘飾著。有時像屋瓦斑駁生菌的空間，在那，九月的晚風已滲透涼意，睜著眼開始做夢（此刻，輕輕呼吸著）：那是一段漫長的旅途，路的盡頭，你曾孤身前去並且留下歲月，關於愛的種種，我們從未抵抗也毫無意義……

九月，你的心，如同爬滿蕨葉，我在陰冷的一角階梯看見你的存在，並試圖理解你的用心良苦，是為了安靜生活。

靜止如聖詠

光線，振動了
時間如浪的時候
我們並未注意到

一些高潮
在移動中啞然逝去

極其寧靜
也許從未間斷

在譜記上
他潦草寫著：「用跳音彈奏
來避免沉重」

沒有名稱的地方，時常地
解構了景色的雜多

是該看得模糊
才有辦法尋索；練習混淆
而後理解清晰

幻想透明，幻想瞳孔內的
延伸，使我委靡

是所有在漫延——在保有的姿態裡
我們不曾也不止分離

當慾望浮動，
草原的風，迎起生命的豐饒
這裡的空缺便有了來臨

視線盲區

大致情況下喜歡「我的左邊
是你的左邊」勝過「我的右邊
是你的左邊」——如果你當街詢問
大眾
關於唯心的、非理性的
道德歸屬。我與我的死亡，彷彿無關緊要地
從第一人稱複數被取消
突兀的浪漫，單數，從我們
化約成「我」。這無意識、
無異議的總結

常常被假稱是「命定」。
也可以列出一堆相近特色的詞彙
——犧牲、共產、連結、愛、
仿造、泡沫，或者——現在
你再問一次自己，你喜歡你的左邊
也剛好是他的左邊嗎？

和可衡量與不可衡量的摩挲時態

以素簡的方式釀作今日，你問我：
什麼還是時間？並蜷起空白的順時針。
星子流淌在西邊，那些重複的軌跡醃漬我們的耐心。
而後，你瘦成一群山好過一面大海，循拓一種意志。
剛披曬的露水蒸發晨風，我夢見你，在遙遠的湖中渡過
整座夏日。
預先安排好的蟬鳴等待成熟，輸了場打賭，且輾轉抵達
初夏，酒，冰糖還有脆梅。生命以破碎的姿態
重塑我們的美感，到底是劇烈的轟鳴，我在你眼底，
彷彿從未經過一樣，仍舊佇足在這。

月亮、星星與太陽的祕密

我開始想起了對於此刻你的理性所保有的知覺。在我們承諾著尚未結束的傷亡，日子如往常般透過肌膚而旁證著靈魂（即使你說，生命是儘管呼吸和催眠）。無光的下午，人們深深離去他們自身的辦公室、學院、廣場及車站，沒有一刻分心地，也毫無專注在那些眼前的繁雜，於是沉澱荒蕪之中。當我逐漸理解你的視線，拇指輕易碰觸小指，當我以觀賞而成就定義，當我離開預設以包裹你的到來。

索引

你用一切索引，將我依序放入書櫃裏，在午夜的時鐘敲響，第六次聲，我便開始複讀：遺忘，彷彿無心，無心夢見——你在石頭上刻下想望。於是永恆就在抬頭的角落默默等待。而時間總是模糊。甚至必須向內折磨我們的意圖——沒有後設，你是我，你是我的詩學、我的先知。我向死而生的渴望之書。

窗

我的窗已經敞開，為了盛開的
花
只有那麼一次的春天

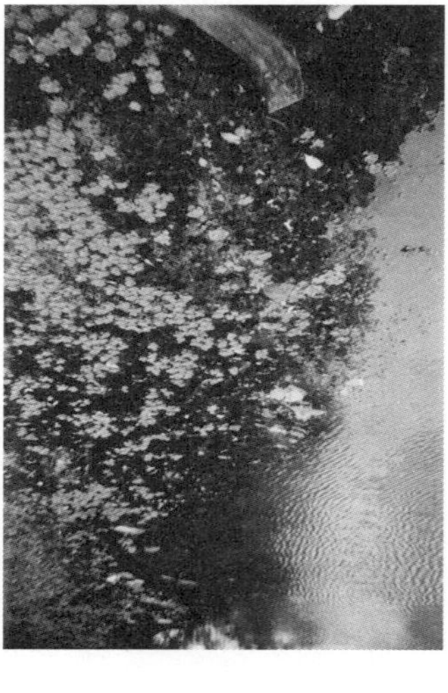

從泥土中滋養，播種
播種，將我的靈我的軀體
向這世界灑落，這些情愛的波動
允許這件事發生：平衡

輯三

人子安躺於床

死亡來到心思

彷彿風曝露了荒蕪
沒有人聽見，
一顆星星在夜裡的破碎
我的心，
從一片安靜而冷卻的時間底
觀賞言語的廢墟
火炬來到眼前。

緩慢的樂音
總是小小的凋傷，
未曾抵達的情愛
有時反覆，或者
突如其來……想望夢中的石榴，
在壁畫和里拉琴絃裡
裸淌著鮮紅
軀幹枯竭了姿態
疲憊的月色
在臘月的盡頭中，
饒富某種即將醞發的
意念，在水仙花根下豐沛，
混濁的思量

彼時追憶著甦醒

攸關頹朽
在最後一次的觸碰中
我早已湮沒
爛漫揣進懷裡，
一些黃昏的時候
走向岔路，在虛設的夜裡
藍色常常是最深的黑

如同不可抗拒，
穀穗的殘骸埋在清澈的春日
一棵禿白的冬樹

被昨日喚醒。我的鄉愁，在季風來到前
靜靜地點起火炬。

談論空白時所忽略的移動性

童年的遺落
在起霧的午夜逐步延伸，晚春後
我們便甚少交談，基於期待
你學會背對著我入眠
並且休止。一種恆動性的靜態，持續著
尚未開始的各種結束，擱淺
在任一被兀自闡釋的定義之中，你問：
還有什麼是正常的？有關完整，大多時候
以適應構作成本質，我們早已隱含
悲傷的波動率，模糊今日的盡頭

我依然不夠明白，世故與青色的成熟
不足論辯彼此紊亂的真實；傾斜的愛情
總是在電影裏復刻和重溫，
那些轉瞬即逝的。請你越過
我的眼，我的肩膀，我的軀骨，我的心
越過蘊藏且知悉的祕密。此刻
曠日費時，你與藏在細節底的
一切感性作為學問而出現
沒有太多贅述
然而已經染上時間，關於凋零
幾乎是美麗。

情人

我們遙遠的親暱
時間逐漸稀薄，在你的聲音底
我所佔有的感性
落入暮色之中
而其發生的，彷彿愛
總是歷經共時性。也許依舊
相互誤解，關於所熟知的
在一層睡意之後
才可能清醒

印象派的七月
光，從星象間安靜沉伏

那時，你還理解
突如其來不過是一種斗換星移

然而迷人的，有時
使我逃離；未曾提及，
其實我們終究不怎麼發覺
好奇與顯影
時常只是一廂情願
在重複的到來之中
關於熟知的種種，

我們獨自直至靠近
真正地被相識。

記得或是回想但不是追憶

記 *À bout de souffle*

在失去黑白前，他們依然年青
直到最後生活都是危險的
逃亡，被組成一種短暫戀情
在虛無與憂傷之間
垂釣罪惡感
成為離經叛道的空泛、靈魂的過敏
成為風潮，成為前衛
——吻是等價交換

西裝是磨損
當你舉起槍便是沉默
與毫不在意，彷彿呼吸是種宿命
然而打破了重複

所倚靠的菸草、報紙、賒賬的咖啡
更新著時代，寡冷而且隨便，延誤出一種
短暫的戀情。像燈泡裡的鎢絲，燃燒或者
熄滅，同樣不引人注目

一些沒有名字的革命，成為不朽之後
隨即死亡。而他們凝視
寂靜，一樣難以相信

恍如音樂
抑制瘋狂，無所謂就能奔跑
在名為摩登的時間裡
就得放棄偌大的情緒；
漫長的無交集像是昏睡
只是眼神的遮蔽，向你允許解放，
一種喃喃自語的短暫戀情
在天真的窮途裡陷入
漫不經心的稚嫩
模糊的背叛，在黑白失去以前
他們持續年青。

多出來的光

我想起了你
扶在床沿的慵懶
菸紙緩慢燃燒，有時
還未熄滅的時間
將必須言說的字詞液化，
散發出琥珀、無花果和苔蘚的分子
沉澱貓躡腳的步伐，與你一同
用一幢回憶建造未來：融成某段奏鳴曲，
我想起了指尖輕滑脊椎的模樣
擁著你做愛入眠的嗅覺

想起洗澡水聲
想起全無他人的孤苦
想起一種「如果」
想起永恆的眼神不是凝望
想起凝結在玻璃杯上的吻，與對話
附著在空間裏，我想起了，空間
總是更迭的影子和浮與沉
想起你是讀本，我也就安心地
依躺在離窗最近的光線，仰矖
越過時序洋流的私密情節

我想起了，你
以及未曾遇見過的安靜

觀看的局部

經血並不是傾淌
那樣貼著大腿內側流下，淋浴時，
暗紅血色，一撇葉脈，衰微的
細胞聚結而發散
模樣，因為受到壓力，血淤
肚腹如傷，陰道鬆懈，逝去
崩解的胚卵，我感覺自己像花萼
綻放。這是生命的狀態。
輕輕扭擺腰
離陰部之間的空白距離

微微隆起，鼓動著什麼，
子宮發脹著
自己的氣力，形狀
第一次有了聲音鳴吟——小小的肌肉
收縮、軟萎
又是陣痛
悶在內頭，器官
感覺擠壓。這是生命的另一種狀態，
沖洗沾染肌膚、斑駁的些許
腥赤，順下水流，
那小塊的凝結物，延伸
一道座標如玫瑰線，它通往純真，
在靈感觸及，瞬間是

充沛刺楚的醞釀「是因為生命時常
被以遺忘的姿態出現」，它持續
蘊藏，並且
顯得越加令人惋惜
年歲的重曝。在這迷藏的溫順
與訓斥間，有的人判斷，有的人
把話留在嘴邊。有時，
繆思，必須是我自己，
「我是不需經過允許便能
歡笑的」，是如此自由，消融
水的樣態，不可抗拒的預感，
呼喚，繆思，有時，
我是自己的——

石榴石、橄欖和思考練習

渾然不知的熟悉
我倒臥在您的暖熱
歡愉的絕望，夏季
陷入一陣獸眠

「我成了自己的問題。」有人說，*
並反駁言語以示

* 註：奧古斯丁（Augustine）於《懺悔錄》中寫道「我成了自己的問題」，意旨人可藉認識、規範及定義身旁不同於自身的所有事物及其本質，卻難以對自己也這麼做。

自由的意象，與之理解
我們說的那種寂靜和吟唸；
幾乎分辨不出
假稱的眼神其實已經遠離
存在的背脊。

拋下您平靜的臆想、
本真，偶爾是
行動所帶來的一廂情願（要不，
就一起著涼吧，在無所有
且偉大的懷愛底）
純然是場演出

無用得甚至有些虛偽
寡憂的時代，彷彿
不證自明您的凝視和迷人
一種淺談的危險
從中欲動

為此回應，我
僅以我的偏頭痛、過敏、心臟耗弱
和在所難免，徹底一段體循環。

向你皺褶地生長

向你皺褶地生長，我親愛的晚年
在夜色的邊陲之中豐沛著
而我們始終等待
殘餘的哀痛揉盪回憶，彷如美麗
足以逾恆生命裡的苦難

月光沉澱地走來，曾經的發生之中
埋沒時間的軌跡；一種不適應的適應
在軀體裡築構凋零……

「雙眼猶然黑暗底的痕跡器官」

即即可愛的晚年，你折枝地生長
意念的多變性。敗弱地喻示：繁開的枝葉
也阻擋光的射入，我那茂盛的盆栽
死在它多餘的細節裡

情感總是吟唱，偶然夢著，遙遠的往日
勾勒出美感的非理性批判
所以你必須開始
結束，以此播種新的延遲。淒迷的晚年，
我依然不覺喜愛灰燼的苦澀
直到最後的模糊，
聲音才會開始染上氣味。

在你的步伐裡意識

獻給 我所愛的何月嬌女士

秋天來得很晚
過往思念，在午後的半陰處
暈染

歲月的漫長
來得像是你
眼中的碎影，或者成群的雨滴

裝載舊時的脆弱——

粗青的手掌撫著
遺失的赤裸，在你夢過的化石裡
抵達靜默的忐忑
感性的紀實、生活裡的倦
有時藏在眼睛後面

——日子如蒽蘭、古老的六芒星
與第一次月昇
記印難解的稚嫩和熟慧
留下一些母語演化你的博學

而我輪廓你的斑駁，與雜憶
一如書上墨印的那幾枚字
始終在反覆閱讀：

不停地遠逝，
等待著風景和花
失去了它們的名字
然而注目，有時也帶來你的蹣跚
在秋日的晚霞裡
意識輕輕凋零……

「我所最親愛的，畢竟你是
時間粗糙的呢喃」

而秋天來得很晚
低頭的時候，你總是
牽著我的手慢慢聆聽
流光的餘波。

吃茶

水清時，茶泡好了
在早晨光還未熱
先飲下一杯暖胃

他喝大半輩子的茶
從不正式
不說順序
他說茶香

是茶的
氣味，這不用太多知識

茶米隨日月
留下漬印，在杯內
層層疊疊
淺淡的青

久久，茶衍成一日當中的事

他問起
要不要泡茶了，又一次
為我沏下日子

摵起的茶葉蜷縮著
落放壺中，敲出清脆
沸騰的水
綻放葉身，反覆地

煮茶的事
他時常問起

一整日
似乎就這瞬裏
平靜如初

根條十八歲

是個壞年冬，那年，
他有時這樣說起，告訴我的阿公
我的爸爸，他們不太知道
年冬壞在何處，一個年初有了激烈
此後便向內尋求解問：根條騎鐵馬，
穿戴整齊像他所受的
教育——白襯衫、皮鞋、老西裝褲
一個乾淨的人
在記憶中逐步消聲
一個活下來的人

積累著苦難，又如那年壞年冬，休耕日子
根條離寒凍稍近
沒有人的地方，聲音傳得最遠
到穗萎的所在
他趴在房內，床板與窗間的
那層空隙，向外定看，一片灰濛濛
沒有人的地方
持續受難
根條，告訴我們
他嗓音細柔，像在說他人的事
那樣告訴我們，前些時候
在隙縫間看見人們四散
奔跑，逃得越遠越好，留下這裡

留下眼底，他反覆，那時陣
握住我手：囝仔人
有耳無喙

根條想要忘記的事，有人願意為他
記下，一些痛，不及他的
靜寂，甚至
沒有心思
而那些零碎的話語
始終感到冷漠：是因為掏空
因為恐懼，根條張開報紙，又輕輕闔上
他滿十八歲的那年
是個壞年冬。

取回生命，像取下一顆
栽在樹上的果實，把自己曝獻
感受侵蝕，消殆，削弱著
化萬物，一如從未褪色的回憶

詩歌盡頭

（給詩與技藝練習者，詩人或者朝向詩的
瞬間、步履而行的持續，一份備忘。）

散開的是夢
如果你正想著，音樂就到這
停下來，我將光碟回放
不疾不徐
正如寫詩
生怕錯過任何
細節與理解；訊號的記錄

也是如此，彷彿時間邁向時間
受幻象擾動

我曾在信中與你提及，芒草花
時節已經到來
同樣記得的人寥寥可數
假若唯物之事只能迫使我們
自囿，那麼悸動將是再造
這並非無稽之談，只是
還有那麼多個只是
都在無限重複的日子裡
佔據了，常態，秩序的開始

一種晃動延異我們
出於本能，我意識

或說是回歸
回歸思想，回歸思維的邊界
敞開慾望的凝視，我仍悉心
於精神種種

藉由寄託
在這副脆弱的肉身，如果
這是夢，你確實這樣想著

然而試驗意志不也是試驗

我們的真實性？敢於生活的信念
為了認識自己
那麼說，黑暗到來時
一只火柴
所能做的便是燃燒
它的柴火，光的凝聚
屬於真正意義上的消亡
卻也蛻成創生

我寫詩，因為這裡有著愛

自然地
像日常：去見想見的人

完成想完成的事
一個人的勞動，一個人的體悟。這些年
我時常聽著甜梅號，站在太陽上
它翻作 feet on the sun，是腳
而不僅僅站著

用腳移動，足以緩慢前進
為了更遠的抵達

如此，我被詩闡述
因為這裡有著限制
反而越是自由

試圖攫取
隱喻，比如生命
隨意的美
那種過渡、留白、未明性

曾經飄浮在宇宙
我們，作為星塵的孤雛
受未知而尋
一絲朗靜，詩歌的盡頭，有時是心
對著另一顆心不斷復述
夢的其後
夢的最初，在彼此之間相近
想像一種維度，想像

我與你，偶然相逢
想像那裡有著
愛，當沒人明白那是什麼
我們便開始寫詩

輯四

使徒的琴座

夜曲

1.

親愛的布莉姬*，夜為何如此難眠
在精神幾盡枯竭之時
我已很少夢見你，這使我心碎
疑問變多

陌生
流往肉體，削弱直覺
世界居然容不下一個做夢者
要不是記得你的名

我們哪裡有愛情

2.

沒有人在注視，遙遠遙遠時
我們放輕腳步
沒有獲得也無需追尋
這一刻，收攏的真理還以停擺
而你能想像得到這一刻
彷彿闔眼

＊ 註：Brigitte Engerer，法國鋼琴家，以力度與精緻演奏譽為當代鋼琴大師之一。2012年癌症逝世。曾說：「……技巧雖是重要，但應來自於思考，而非手指」。此處選曲其詮釋之蕭邦作品九第二號降E大調夜曲。

又如永恆

3.

我流入所有困境，看起來如此滑稽
但布莉姬，我向你袒露的無非都是美的，
只因彼此撫觸，搖搖欲墜

4.

光隱退
星群隱退
夜所剩無幾；夜幾乎擁有

5.

感覺延展，沉寂早已反撲
沒有理由不鬆懈、
輕輕，生怕一切久等，踰越過往

不是非得走到這的，布莉姬，
信念
終究是想像
在潛意識裡叨叨絮絮，你無解的夢
帶遠我們，讓指針向後，
失而復得才顯愛意，夜早已是
我們的。

前奏曲與複寫紙

記霍洛維茨、拉赫曼尼諾夫

現在我們談起
消逝的渲染和結構
於是聽見那般投射的溫柔，有一種美感
朝向意識沉默。我無可避免的假辯
攸關膝反射、久違的
寧靜，和先驗的追循，
以荒唐的步伐侵掠稀薄的意志。

新世紀，偏遠地散播著
削弱的詩意
或許我還可猶豫
琴譜上的撲朔迷離
在那些參與過的記憶之後
流下眼淚，介入領悟；
假若這將是永恆
而抽離、或絕對寂靜
便帶離我所印證的流行體系
走向無時差的企圖：

你的羞澀和磨損
等待一股新的閱聽，那時

獨自離去又或靠近
都是失去方向

——這將是永恆。也許是我
即便死去
仍未完成的歲月留下飽滿的再浪漫
時間再無理會我們的迷失
有些人持續詮釋　所謂再現
以徬徨和動機穿鑿夢的歎息。

聯覺練習

後來獨自返家
一個下午的路程
花了兩首顧爾德彈奏的巴赫
義大利協奏曲，我想起錄音間的悄靜
足以讓塵屑沒有辦法不再沉默

那個上午先是切了一顆檸檬
然後他問起：「你是熱愛生活
用什麼樣的味蕾
去理解它們的顏色？」

在刀子剖開的那半
我們不常把黃色
想作酸澀。

多時候，時間是這樣來到身旁
幾頁沾滿濕氣的鑄字舊書
隨著氧化
估算光線的厚重

男人傾斜地彈琴，晚年
椅背開始覆述一次Andante、兩次
Andante。他談起，你知道時間
是這樣離開我的身軀，在錄音間

它們永恆地鑄造了
那段極小的呢喃

（獨自返家，後來，在城中
每件裝置、行徑
都是那段極小的呢喃）

彼時削瘦著
一些念頭
與晚冬時節的樹木
在無人知曉的一個下午
藉著男人的呢喃
傾斜了身影。

神祕的路障

以防我們忘記回去的小徑，請在路上
丟下小小的碎石子吧
語言必然被此鑿刻，視為一種暗號
仍稍嫌龐大，我的心
無聲地踱過
昨日，曾經容納真實，鍾情手的姿態
享受局部的動作如釋放
一組夢的情節——荒木、飛鳥、孢子菌絲、
人注視，並透過差異
得以理解。很快，我們就要能夠自由

但此刻，我們得先學會辨認自己

世界顯現彷彿燈光
在鏡中，四維空間，曚曨可有描繪之深
讓略有的概念

敲槌出形象，一切皆輕、
悄悄話：甚緩板的琶音
用每個午後練習
如果這就是渴望，我們像河水流淌

且迂迴

路是反覆的

移動軌跡，一個人
朝向它，即便一個人
給出僅有的石子
擲往歸路
答案依然可以無限
並只為把握住
一個人

反身

來時的濃霧，離開的荒草。
循路徑則盡頭發生，過程是什麼
不得而知，心愛的情節總是

充滿懸念——黑暗中，沿著輪廓，我能感覺靜謐寬厚如步履默許，最深處路的開始。

阿格麗希的八月*

風離開的時候
夜停在我們肩上
被月光曬傷，八月的夜分
潮濕我們的眼
六座星群和月印，掉落在西邊的
耳語
這些輕柔
且令人忽視的顫慄

和微塵一同漂浮，並且圍繞
在邊境的抽象之中輾轉囈語
而這足以安撫
女人的手腕、胸、眼波，與琴鍵
逐漸忘記的蒼老
陌生我的瘦弱
陌生各自的蹤跡、影子
蜷縮在生活的喘息裡
彷彿沉默不語
如此接近，以至失去
疼痛和結構

＊註：阿格麗希（Martha Argerich）為阿根廷、瑞士籍鋼琴家，第七屆蕭邦國際鋼琴比賽首獎，被視為當代偉大的鋼琴大師之一。

情愫的誘惑
馱伏著睡蓮的羞怯

風不再離開的時候
夜滑落唇尖，輕輕切落我的雜質
在指腹越過的空白和深邃間
越過從未想像的純真

在安息日

Shostakovich Op. 102 mvt. II，悼持續發生的。

那青銅的樹木
本能地皺褶，與大地交纏
彷彿溫情……

在我們耗盡感官之前，話語
為自己留下影子
儘管這是難以察覺，因為痴愚
誰都不曾短暫聆聽

我可否再擁有仁慈？當雨濺過花瓣，
　童年尚未離去

像一顆孤獨的籽
一廂情願地深埋，
緩慢著，在時間裏學習
卑微，或者滿足
即將來到的渴望

這一切熱烈給予了它
祕密。
使我清晰、苦楚，也可能反抗

一個大寫的它，附和了生命
在年輕的夏日理解衰逝並非老去

印象

De l'aube à midi sur la mer

太陽的犄角，落在山麓與岩石的夾縫之中，生長
一隻名為天牝的透明的獸，日日汲取
萬物的色澤
尚無語言時，如幻一般
交匯，那空白的背景底，祂的魂魄注入人的世界
沉靜的人，便最獲得祂眷顧。

當他們仍在黎明熟睡，無限的念想
藉由熟悉的夢，使人們歸依
祂的懷抱，搖搖晃晃
並只有純真
才得以聽見祂所應許的。童年，那雙清澈的眼
在混沌裡邊誕生

Jeux de vagues

呼吸，鼓動，我將綻放
自匆匆變化的花兒，一一誦詠著

保持傾聽遙遠而陌生的瞬間，如此深刻，事物
隱藏自身再不能真實，然而
浪漫，何以崇高？因為有了愛的能力
閃爍，盈滿我的心，貼服夕日，照映
泛光的細沙，
迅疾的信使傳遞它的方言：寄居蟹，拉丁學名，
消柔的隱士，我看見了霧中的花正如你
不復存在，繁複，激起無盡泡沫的螺旋

Dialogue du vent et de la mer

遠遠地，飄邈的汽笛穿越水，空間流動，處處感受

風的挑逗，落在天牝的耳尖，這是頭一次
祂敞開，自天而生的子嗣
落下雨來匯成滋養，作為世界眼淚的奔流，有時
感覺一切曖昧，祂伸展四肢，延續著
變形的身側，無數生命醞釀
其中，充斥了風的氣息

那透明的獸為使風好認得祂
首先發出幾個單詞：光，現在，和聲，祕密的
結晶，在祂的背部長出，承載風的意志
這些細小累積著
祂們的愛意，太陽赤熱地凝望，漫往其心中
彼時沒有乾涸，祂們將永遠地馴服彼此

牧神的竊喜*

神祕偶然地落在山陰
彼時，
霧氣與傳說早已消散。

當理解乾涸而肥渥萬靈的眼神，
一切風吹草動
都像沉默
在盡頭獨坐，思渡
塵埃拂去的浪潮，
預兆著——未曾發生的來到，

可能遼闊，如同追逐，喋喋不休，
或者沉落
在青溪的波動中
磨成生命腐朽的慾望

並且耳語：「光避免了間隙，
緩慢因此延伸著綻放——」

野草蛀蝕足印
萎黃的葉脈，傾聽的遺忘。週而復始。

＊註：牧神潘（Πάν），古希臘字源為「一切」、「所有」的意涵。同指為詩歌、性愛、樂音與創造力的象徵。

時序湧向知性，直到幻象
讓將逝的思念，重新回憶我的潦草
你才緩緩走來，
凝視靈與物的重迭、纏繞和交融

剎那儼然是我們的
流浪，
當神祕藏匿途徑，
其所到之處便是愛的歸來。

悠遠的過境

Scriabin

一切都是往昔的
春天，隨著心思而覆蓋後脊

那親愛的時間
發出寬容的聲音
彷彿潮汐，溶入磨砂的肌膚

我們是如此顯得安靜。

當空間開始漂浮，你猜想
破綻的夢
再也無力於銳利的光影

那正是雙手所在的地方。

一些默許
決意展現生命的柔軟和幽深
在我們與漫長之間，更為古老的
一座花園
栽出輪廓輕盈的、

嫩青的

亞熱帶

藏在耳朵，迷人的聲息，在幾近邊緣的
永恆，看見無常遮起它的顏色

或許甚是親密的樸素
——是這樣的嗎，先是無知而後觸及，
在我俯去
以播種的彎身臨近
因著雨水……因著，無人而知的雨

它用唇語說著。

一幅傳記作家的虛構

夜的形象，浮滿細雨
孤寂使凝視永存
沒來由地
這觀念
便也牢記在身裏，彷如眠夢
將隱身的顯現
在我們耳蝸旁

春寒。
因著臥房的狹小慢慢擴張，

悠遠的
靜謐，是屬於沉香與月色

和
一些奢望
如彼此時間中的

一致性——

早先，他輕彈著
搖籃曲
　迴盪、迴盪、迴盪……
在失眠的日子

熟悉一段古老的聲音
那名伯爵曾說「親愛的郭德堡，
請為我演奏
　　為我演奏
　　　　那變奏曲中的詠嘆。」

降臨

「我問，為何向我藏匿你的臉？
她回，是你隱藏了自己。」
(I asked, Why is your face hidden from me?
She replied, it is you who are hidden.)
Abbas Kiarostami, Close-Up (1990)

趨於黯淡，耳是清晰的。
早時，德布西向我彈奏

夢幻曲，你可見過那
微物之神？在曠白處
祂自由翩翩
接受酣睡，然後削下靈魂
以風播去
知識：花開，結果
化塵土——我是晝夜，因此生命
通往短暫
處處眺望

玻璃杯、酸橙、詩冊
慾望聚集
在一些辨名時刻

思緒先是離神了，或遠
或近，一個呼喚
就有一次誕生

我說夢話，充滿單詞，我說
生命，撫動卻無聲

充滿單詞地
說夢話：影子是令人費解的
親密

當睡眠僅僅只是
睡眠，帶遠虛幻，世界像一次微弱歎息
放輕我們身軀。

母帶後期處理：原音

二月時分，我乘著雨來
以側身姿態完成一場對話
到處修繕
貼貼補補，短眠
因為喜歡
那些隱微的事物
光線通常是
在那時產生的，瑕疵，依稀可見
還有許許——藉局部去顯露的完整

停頓，先不話撈
我是注視著你，因為真
因為實
因為貼近美的過程
那份瑕疵
便是輪廓的暗潮
（輪廓係一個結構中最初的想像
是容易消磨的，是點到另一個
點：柔焦的開始）
當我們並肩
生活已經足夠可愛
可愛是形容詞

可愛亦是及物的
片語

小小、小小的聲音
透過膠卷，復刻
無限的複音
聆聽萬次
便有萬次的變奏——
　　渴望時間
　　渴望潮濕
一去不復返的機遇
也許某一瞬
向著

我們

在腦海

（嗡嗡低頻，它自敘著：你要記得，

你要記得，你是如此值得

被喜愛）

在腦海

完成對話

緩慢的風車

野夏的酣睡，樂音已經傳播
到山嶺的那頭，將暮色輕緩地放在我們肩上，
真空的感性，悲傷的我。

時間旋即成了一種曖昧的耳語。
由於愛的無知，日光疲憊而溫頓，在島嶼上
掩埋青春的伏流；向失落坦承
一些無奈卻憂傷的語句。

在那淡默的街角人們拖曳自己的影子而舞，
寂寥的投射，佔據向晚而行的目光。夕日
不得不飄零，
一段必然的逃亡、繾綣和夢囈的我，離開遙遠的
記憶。
安靜地等待修補。

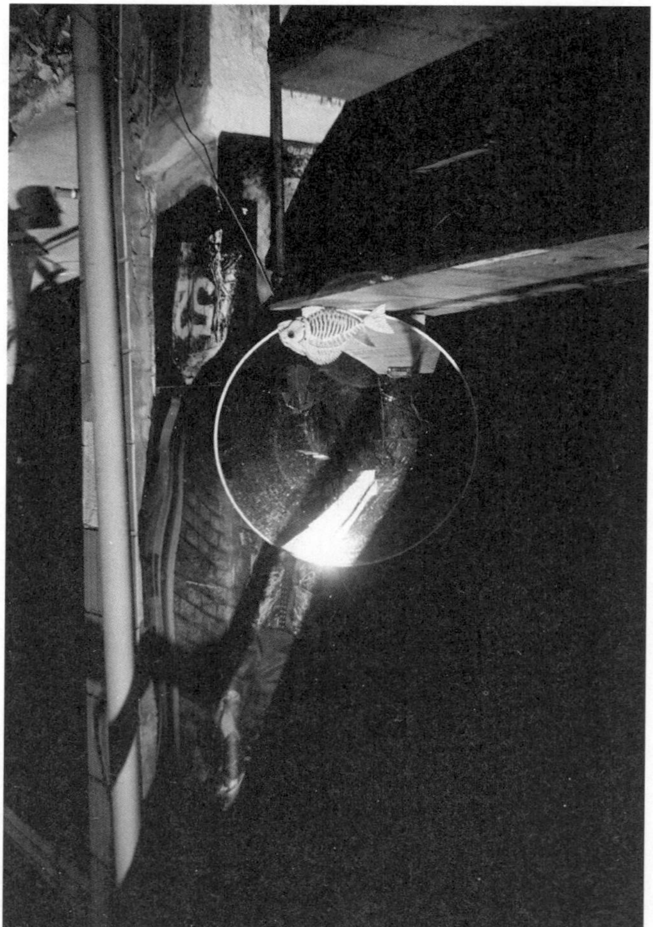

從塵土變成星星，他醒著
世界向他掩蔽自身
他睡去，世界露出破綻，一切奧祕
使我走向安靜，所有的事物
都要醒了過來

輯五

光　　原

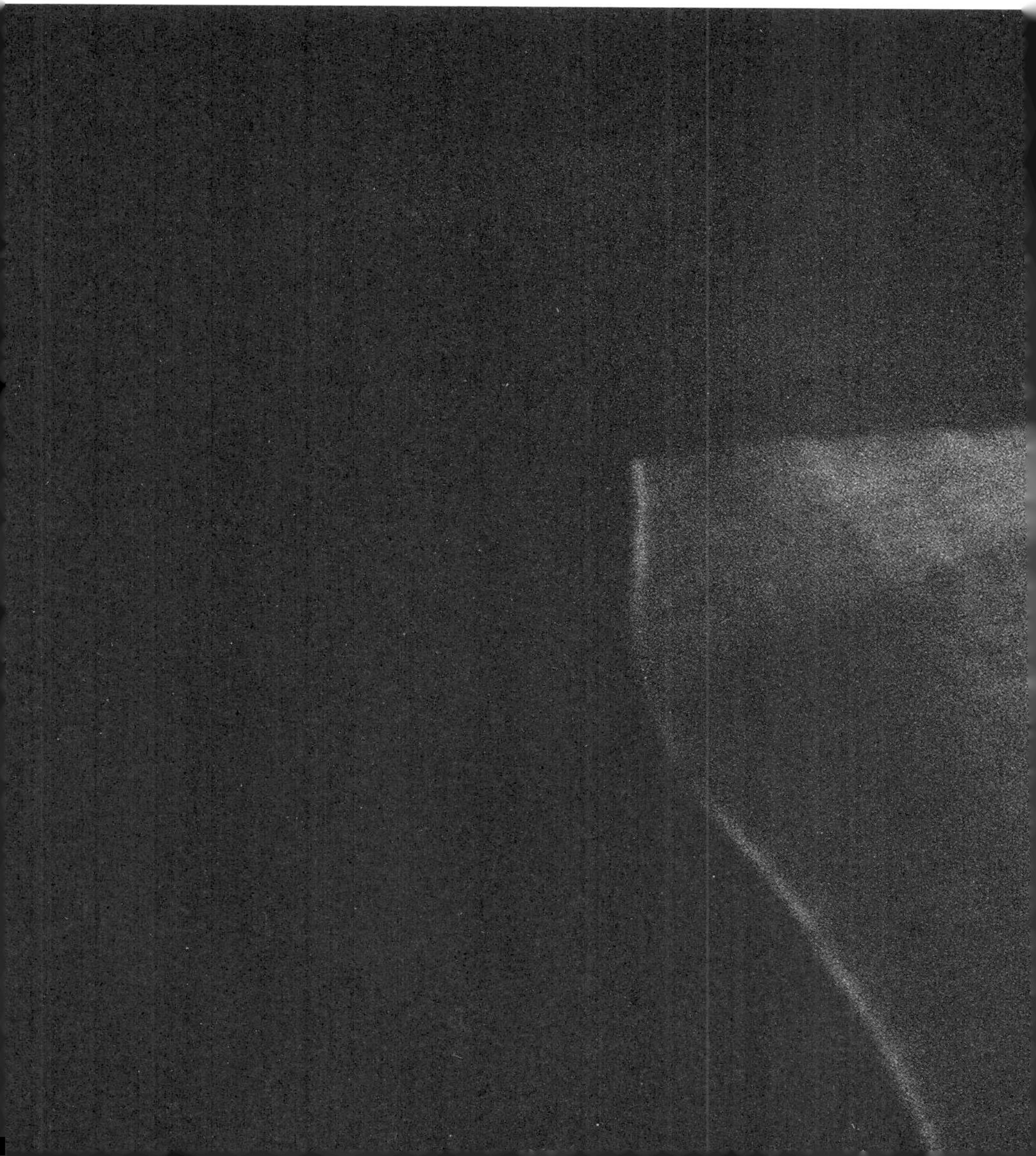

地平線

背面是我看不到的顏色，多麼歧異
遍遍堆疊而來的
雲靄，不明朗一切
八月繾綣地熱帶氣旋
腦海中憂鬱的夢
短暫然而強烈
滿懷著
現象，一管煙斗吐出白霧，接近傍晚

天空顯露自己的聲色
被歸納的詞條
重新演繹

發得響亮，季節的風
掠過勞動的臂膀

賴以為生之事，黃昏或者黎明
已不再重要，只管向前走去，日子
汲取風景，光的新生，葉的老去
沿著邊界持續滾動，世界充其量
在奧祕中，乍現，一次又一次

「什麼也不值得說出口」

鳥獸推遲著前往
無止盡的彼時
太多臆想，輾轉淹沒
在地平線後
匯聚了所有注視

秋露

夏天的最後，頭頂的光
有了轉變
現是初秋
萬物染有新的色澤
在物體
與物體間的最接近
神來到祂眷顧的
靜默，觀賞著，風和塵泥的相會
並且腐育

重複好幾回的夢
就這麼穿越
時序將我們把握住
遺忘的人，遺忘的國度
像那道初秋的光
隨年齡
重新了它的透明

昨日

一個時間
我與童年交錯著，我們在草地
夏天沒有盡頭地度過
它彷彿重複，一些愛戀是失去角色的
對白。在未發生前
已經有了自己的寬慰

可能浪漫，我始終
看不見自己
需要時倒影往往不在，倒影

得要等上一個時間
才從其中顯露當時的沉痛

我們要不愚昧
要不迷戀，這世界多的是一瞬間
寧靜的復活
在虛構的旁觀裡，相擁的人們
總是幸福

讓我傾躺
在還未背棄的懷抱之中吧
把新聞遺落、把躁動流放未知
遙遠的風景

停下腳步，一再回頭，依舊離不開深沉的
氣息：像浮上海面的月光
最先抵達陰影的思想

讓我傾躺
讓我流動，到昨日的一個時間
抒情和原諒都還有餘地時

預言

無窮歲月底無盡之春，遠方音樂的播種者
我看著你讀詩，心仍有所悸動，
像一個重複多時的故事，寂靜且燦爛
讓日光奔馳
在媚俗的苦惱中，晨霧散去
世界又近又遠
沉睡是否如此，因為風的拖沓
沉睡將要如此
等候一簇花開，遷徙鳥鳴

沒有不可遙望的。今晨
我走過田園，那本來枯朽的
杉色，藉著露水隱退
而初生
大地仿有搖籃的溫柔
生命曝露去處，羞怯的播種者，我提問
好像一切事物終有道理
然而並非解渴才是答案（我在幽微中
喃喃祈禱，拼命生長
以待回應）播種者如你
閉上智慧的眼，老去
留下我們
這樣困頓：哪怕智慧不過是

襯出深刻或行邐邐罷

沒有人注意我們正其它們注視著彼此
美麗的盛開，哦，洗滌的風知道
沉睡是在醒來的時候發生
那意味了逝去
也指向初始——
　愛吧，愛吧，柔弱的生命
　　豐滿的心！
　當種子根深夢土
　收穫還離我們遙遠嗎？
縱然，月昇月落
一切偶然何等惆悵

小小的神聖抵消著溫順的哀悼
到黎明之初，我們又將相偎
讀起眼前的詩，
於是，我將不再是我自己，你也不再是
播種者，在趨於平靜的愛意之中，
當我們從遺忘渡過
傾倒風暴
每一次守望
都是熟悉的澄澈
生命如新，所有的所有
因著時間而親吻
靈魂，想起世界時仍使我感到喜悅

虛空間正在暗湧的

夜光自北邊山風拂來
十二月的星象
零碎地落下
在我們沉寂的交談間
聲音與視線幽冷地延展、
纏綿，並且隱沒

可能是這樣猶豫的季節
我深感疲倦，夜的景象
在眼光中蒼老

你小心翼翼梳理
慾望，到底是梵谷在麥田中的烏鴉
垂老著、多慮著，又是神遊

麥田中，時間
是否垂淌而來：夜色扭曲地
掩藏路徑

在無聲的睏息之餘
最終都在分解
愛的頹廢——當夜充滿微弱的歎息
曾經憔悴的也可潮濕

而我始終平望著
邊界，星子已經越過後頸
在迂迴裡
我們熟知萬物的瞬息
其實早有可循

安靜地旋轉

只為一些傷口洗滌，初秋
早晨的風安靜地旋轉

憂傷，穿越精密的語言
談論記憶，談論死亡

介於暗面與接光處，而深刻的
你的手，有平常的美

撫過書頁右側，物性論

——存在是物的偶性

在多變季節裡抒情總是
半信半疑

總是真實。淚水交換生活
假如我正抵抗我所渴望

彷彿不合時宜，並且重複
誕生這沉思之中

你仍未走遠，寂寥的時刻
聲音再現它自己

告訴我，時間會證明
它的價值：削下折磨的心
流經塵風，在空虛的身軀
樂音安靜地旋轉

復活

夏日傍晚，山燈在遠處
照明，奧祕的遠望，收盡崎嶇
也收盡了輪廓

聽見美在歌唱，縱然美
不屬於真實

飽滿的靈魂
慈悲地看見我

我曉得，痛苦，愛，道德或者
死亡，與我擦肩而過

當世界熟習我，一個蜷縮的
景象便容納萌動的情感：到驟雨裡去

為一整座管絃樂
也有許多事物穿透——我的心
用模糊篤定著

被除卻的自身
音樂的開始，影相的延續

三位一體。赭色天光
我僅有的安慰

在天邊殘留的那顆星上
休眠著，靜謐如海

誰還能猜想到，真正的話語
隱沒在各物的影子底

已是夜晚
深邃將我們包圍，你可聽見？
細碎言談描述著

瓊花的最初，瓊花的
最終，一連串奔馳的即逝

遺漏便是永恆留存，畢竟
偏偏是我的這顆心

跳躍、敏銳，並且忍受著
折磨與歡愉

把自己當作一把樂器
聽見近於清澈的泛音

那是美，消弭之處，死亡與愛

略曾有過的質地，許久許久以前
接受了人的條件

後記

p.

思想的行動，即是心的行動。

我曾經在自己的詩中意會到一種關於經驗的私密性，它作用在個人與個人之間，並且在話語裡頭形成不一樣的枝節與判斷，如此，當詩藉由我所見、所知，而透過寫下，落定著部分感官的記憶，它即刻地與我無關了，獨立成一個半隱晦的載體（或者中介）。

我將這種中介視作「經驗的敞開性」，亦即當主體被完全確立之後，反而形塑了真空，僅僅是語言透過形式留下世界的輪廓；因此，他物的存在與否，是觀看者意識到他物的瞬間性，而文字為這份行動保留了它的延續，或說，是它自然的泛音（flageolet）。

關於詩去描述著不可言說之物，似乎更像是為了抵達心智上的廣闊（我想也許可以被理解成「自由」的顯像），致使這連續地觀看肯定著一種不可預測。然而，為了避免僅僅是一種偉大的宣告，使人在擁有思想的翅膀的同時，理解到步行依舊擁有它的必要性　使腳落在地上行走　在許多時刻，我如此信念，當我將我的感受、思想，經由手握向你的手時，詩是流態而非空泛的設想。文字帶我們實現真實（ideal），讓它成為可能的實現，一個真正世界的誕生，詩人因此隱匿其中，來自於愛這個世界，用實踐的心，想像的眼，在每個真實裡選擇善作為它的目的，藉由美，賦予它形式的意義。重複，重複念記著，化盛情為嚮往。

而這些經驗被攤開、展現在觀看者面前，同時擴延著中介——距離和連結，相互抵達著他物與主體，雖然它的不穩定狀態略增，然而也避免單向的詮釋。當言說避免著完全一致的主宰，判斷就得需要圍繞著僅留下的痕跡（經驗），去發現世界的模樣。它轉向神祕，更像是邊界的意識：我得以指認，純然是藉以超驗的形式，不能將它說出口，旁側地勾勒，真實則匯藏在其中。

pp.

在一切可記錄的書面上如此標註：如夢般，輕聲的（Verträumt, Leise）。構思所有詩歌，以構思一部交響曲為軸心。馬勒（Gustav Mahler）在這本詩集中便是竭盡可能地存在。作為十九世紀末、二十世紀初的古典樂作曲家，他曾說自己的猶太身分讓他無論身處何處皆是邊緣的。這樣的「非屬感」在其音樂中有了明顯的個性化，間接地拓展了無調性，因而，在馬勒的交響曲裡經常可以聽到自由又細膩的流動，或是壓抑的矛盾，或是情感無窮盡地張力，彷彿生動的姿態，人以微微躺臥的姿勢抵擋著龐大的生與死，時間的無意識。

馬勒的音樂中容納了更多從某一邊界向外張望的事物，人在此成為接收各物存在的容器，一種媒介或是載體。詩集原光（Urlicht）便是借自他的第二號交響曲第四樂章。在樂章靜謐的尾奏之後，迎來了終樂章的復活（Auferstehung），兩者的符號之間激盪出強烈聯結，截然不同的情緒被並置在一個至高無上的神祕中，這是召喚——我持續地從馬勒的音樂裡感到歸屬，讓我可以遁藏在他所給予的片段，也使自己得以一同遙望。

非比重要，因著視覺上的凝視、望遠皆是為了確立主體與他者，一同化為現象——如此纖弱、執著、徘徊在邊界的一位作曲家，或說，一個人，究竟能為我們帶來如此浩大的世界，甚至整座宇宙，誠如他所說的「交響樂必須包含萬物」，這令我好奇並且願意共感於此，沉思，龐然而隱於其中，回應於他：詩歌必然亦是，飽涵萬有。

ppp.

非常地疲倦，正如星群即將捨棄光線，那無底深處的反射，使我不免臆想回音的可能。頭皮發麻，不過是發覺時間的形式讓物、生命必然地逝去，回歸或可回歸，一切慌亂如受驚的鴿群。現在，我必須學習與之距離。像這樣偶爾寫寫信，仍然催眠。事物是等待書寫，而非被開啟。

晝眠越發頻繁，今晨的夢，一個多麼日常的疑問：詩是不是藉消除而反證自己？

在藝術盡頭，一如往常相信，只有認清自我命題才能真正地前往。想起希尼（Seamus Heaney）的詩寫下「看見比你預想中更深遠的鄉村／並發現籬笆後的田野／變得益發陌生，當你繼續站著集中精神／然後被那擋住視線的東西吸引住（黃燦然譯）」，我像貓一樣蜷縮，並思考著觀看的姿態。如果，所有疼痛僅僅為抵達一瞬純然的喜悅，當我闔眼，放棄所謂的分界，是的。瞥見若有似無的美感，記憶與現實相互交融著，分不清楚彼此，所有經驗在其中又萌生新的經驗。鄂蘭（Hannah Arendt）在《心智生命》中探討著「什麼使我們思考」，並且引用了赫拉克利特，早先認為人會感覺到「驚奇」（wonder）而臆想著，那般靈光一閃的，如同當我們抬頭望向天空瞥見彩虹出現，心延續了驚奇的謂歎。並提及柏拉圖將「彩虹」溯往「告訴」（eirein）動詞，基於彩虹從屬於古希臘神譜伊瑞絲（Iris）這傳遞訊息的神使我們。於是，驚奇（wonder）更動成驚奇（thaumazein），字源上又與希臘文的凝視（theasthai）相關，這正和觀察者（theatai）屬於相同字根。

思考之始，從我們受某事偏愛而讓我們關注、發現其存在，思考的開始，是當事物初次來到時，額間感覺發熱，因瞬間奇妙，世界靜寂著，而人是如此感覺到自己的渺小。

現在，我所想的是，盡可能讓自身的精神有能夠分心的另一個世界底，人從原本所處的位置遭到中斷，他抽離此在，卻仍舊活在此在。微物觀察是一種美德，那包含信念自然與人之間的共生。猜想希尼那首詩，被視線所遮蔽的以致吸引，我心中想見萬千耽溺，那是出於對執著之外的愛好，一份友善、渴望理解的心。

我為此劃下某些想望，也許，延續童貞的眼，是詩歌必然的回饋與能力。

浩大的主題，要建構在生命情懷底，因著捉其輪廓，而不是填塞臆想。有時，我更愛觀察，來得比定義還重要，這是涉及複雜的思緒運動，為了不讓我們流於空談，好好生活是值得咀嚼的事。

關於時間，是作為抵抗語言的最原初，當被問及，我亦是如此答覆。用一首還沒寫完的詩與你相會，世間良好，偶爾你就走到我身旁，或這夜半，我尋你下一場棋，日子是穩健地：

神祕是來自隱藏，我最終抵臨睡眠
與海相偎依
並且從中誕生，這是泡沫教導我們的
喜悅，不單單自審美
更多是餘裕
微觀之事用以純真的眼

AK00440 原光

作　　者　柏森
執行主編　羅珊珊
校　　對　柏森、羅珊珊
美術設計　朱疋
行銷企劃　林昱豪

總 編 輯　胡金倫
董 事 長　趙政岷
出 版 者　時報文化出版企業股份有限公司
108019 台北市和平西路 3 段 240 號
發行專線—（02）2306-6842
讀者服務專線— 0800-231-705·（02）2304-7103
讀者服務傳真—（02）2304-6858
郵撥— 19344724 時報文化出版公司
信箱— 10899 臺北華江橋郵局第 99 信箱

時報悅讀網　http://www.readingtimes.com.tw
思潮線臉書　https://www.facebook.com/trendage/
法律顧問　理律法律事務所　陳長文律師、李念祖律師
印　　刷　勁達印刷有限公司
初版一刷　二〇二五年二月二十一日
初版二刷　二〇二五年九月二十六日
定　　價　新台幣三八〇元
（缺頁或破損的書，請寄回更換）

時報文化出版公司成立於一九七五年，
一九九九年股票上櫃公開發行，二〇〇八年脫離中時集團非屬旺中，
以「尊重智慧與創意的文化事業」為信念。

本書榮獲 台北市文化局 TAIPEI DEPARTMENT OF CULTURAL AFFAIRS TAIPEI CITY GOVERNMENT 文學類作品出版補助

ISBN 978-626-419-238-5
Printed in Taiwan

原光 / 柏森著 . -- 初版 . -- 臺北市 :
時報文化出版企業股份有限公司,
2025.02
面；　公分
ISBN 978-626-419-238-5　（平裝）
863.51